CITOYENNES

Collection dirigée par Marc de Smedt et Michel Piquemal

 - Dépôt légal : 1er semestre 2001 - N° d'édition : 11 921 - ISBN : 2 226 11 298 7 - Imprimé en France par Pollina s.a., 85400 Luçon - N° L 81978

PAROLES CITOYENNES

Recueillies et présentées
par Albert Jacquard et Alix Domergue

Images de Michel Galvin

ALBIN MICHEL

Être un homme, ce n'est pas seulement avoir reçu la dotation génétique caractéristique de notre espèce, c'est essentiellement participer à la communauté des hommes. Ce n'est pas là une lapalissade, c'est le constat que, dans la chaîne des causalités, cette communauté se situe en amont de la personne qu'est chacun. La nature produit un individu défini par ses gènes comme un *Homo sapiens*, mais c'est la communauté humaine qui fait de cet individu une personne. Il ne peut y avoir de personne humaine isolée. En cercles successifs, la famille, les amis, le village, la nation, l'humanité entourent le petit d'homme et opèrent la prodigieuse transmutation qui fait éclore en lui la conscience d'être.

Le rapport à l'autre est le matériau de la construction de soi. Immergé dans un inextricable réseau de relations, chacun devient le produit d'une alchimie mystérieuse mettant en œuvre toutes les structures d'une cité ; il est un citoyen.

De cette cité qui l'a fait, il devient acteur et contribue à son devenir. Qu'il le veuille ou non, il entre dans le jeu des transformations, des ruptures, des révolutions, des régulations, qui sont, à la fois, le produit des actions de tous et la source de la vie de chacun.

Certains, plus que d'autres, sont conscients de la nature paradoxale de ce rôle et de la nécessité d'une réflexion le rendant plus efficace. C'est à quelques-uns de ceux-là qu'ici la parole est donnée. Il est utile de les entendre car vivre ensemble est un art difficile. Par crainte de l'inconnu qu'est tout autre, des structures sociales aberrantes ont été parfois adoptées et se sont longtemps maintenues. L'exemple le plus révélateur est le statut imposé par de nombreuses cultures à ces « autres » si inquiétants que sont, pour les hommes, les femmes.

À ces femmes qui représentent la moitié du genre humain, on a longtemps dénié le statut de personne, au nom de leur nature. Exclues des droits de citoyenneté, elles ont su renaître socialement et créer, face à cette ségrégation, une nouvelle image d'elles-mêmes, de leur genre, de leurs objectifs.

Certaines ont osé prendre publiquement la parole au cours de conférences, de meetings, créer leurs journaux et utiliser la presse à des fins d'éducation et de propagande féministe. C'est la raison pour laquelle elles sont largement représentées dans cet ouvrage. Les textes cités sont des extraits émouvants, de participation sociale, d'engagement et de volonté !

Figures emblématiques, apôtres actifs de l'égalité entre les deux sexes, Maria Deraismes, Hubertine Auclert, Nelly Roussel, Louise Weiss, Simone de Beauvoir... sont à l'origine de débats, de colloques, d'articles toujours actuels sur l'histoire et la condition des femmes.

Autant de combats encore inachevés pour restituer à l'humanité sa dualité et par-là même modifier les fondements de la société.

Les avancées récentes de la science en ce qui concerne l'intervention de l'être humain sur sa reproduction laissent entrevoir de nouveaux partages entre les sexes, modifiant les systèmes de valeurs, impliquant la conscience parentale et la reconnaissance sociale de l'enfant.

Pour quels citoyens ?

Albert Jacquard et Alix Domergue

Si je savais quelque chose qui me fût utile, et qui fût préjudiciable à ma famille, je la rejetterais de mon esprit. Si je savais quelque chose utile à ma famille, et qui ne le fût pas à ma patrie, je chercherais à l'oublier. Si je savais quelque chose utile à ma patrie, et qui fût préjudiciable à l'Europe, ou bien qui fût utile à l'Europe et préjudiciable au genre humain, je la regarderais comme un crime.

Montesquieu

Être libre, n'avoir que des égaux, est la vraie vie, la vie naturelle de l'homme ; tout autre est un indigne artifice, une mauvaise comédie, où l'un joue le personnage de maître, l'autre d'esclave, celui-là de parasite et cet autre d'entremetteur. Vous m'avouerez que les hommes ne peuvent être descendus de l'état naturel que par lâcheté et par bêtise. Cela est clair : personne ne peut avoir perdu sa liberté que pour n'avoir pas su la défendre. Il y a deux manières de la perdre : c'est quand les sots ont été trompés par des fripons, ou quand les faibles ont été subjugués par les forts. On parle de je ne sais quels vaincus, à qui je ne sais quels vainqueurs firent crever un œil, il y a des peuples à qui on a crevé les deux yeux comme aux vieilles rosses à qui l'on fait tourner la meule. Je veux garder mes yeux ; je m'imagine qu'on en crève un dans l'État aristocratique, et deux dans l'État monarchique.

Voltaire

Les malheureux sont les puissances de la Terre,
ils ont le droit de parler en maîtres
aux gouvernements qui les négligent.

Saint-Just

Tant que les femmes ne s'en mêlent pas,
il n'y a pas de véritable révolution.

Mirabeau

Si l'on dresse l'état des lieux à la fin de la Révolution, il n'est pas brillant. Pour les femmes, privées de capacité juridique, exclues du droit de citoyenneté, de la liberté d'expression et de réunion, l'épisode révolutionnaire se traduit par une aggravation de leur incapacité et de leur dépendance. On connaît la suite. (...)
En restreignant les visées universalistes qui étaient les siennes au départ, la Révolution laisse la voie libre au séquestre de la chose publique par ceux dont elle a fait de nouveaux privilégiés en leur réservant l'accès au droit et à la liberté. On ne peut pas dire que les femmes sont absentes de la scène révolutionnaire, elles n'y sont que trop présentes. Le droit et la liberté, le droit et la loi, c'est en fin de compte le droit et la liberté pour les uns de s'approprier les autres.

« Les fonctions privées auxquelles sont destinées les femmes par la nature tiennent à l'ordre général de la société... Cet ordre social résulte de la différence qu'il y a entre l'homme et la femme. Chaque sexe est appelé à un genre d'occupation qui lui est propre ; son action est circonscrite dans ce cercle qu'il ne peut franchir, car la nature, qui a fixé ces limites à l'homme, commande impérieusement et ne reçoit aucune loi.
L'homme est fort, robuste, né avec une grande énergie, de l'audace, du courage ; il brave les périls, l'intempérie

des saisons par sa constitution ; il est propre aux arts, aux travaux pénibles ; et comme il est presque exclusivement destiné à l'agriculture, au commerce, à la navigation, au voyage, à la guerre, à tout ce qui exige de la force, de l'intelligence, de la capacité, de même il paraît seul propre aux méditations profondes et sérieuses qui exigent une grande contention d'esprit et de longues études qu'il n'est pas donné aux femmes de suivre.
Quel est le caractère propre à la femme ? Les mœurs et la nature même lui ont assigné ses fonctions : commencer l'éducation des hommes, préparer l'esprit et le cœur des enfants aux vertus publiques, les diriger de bonne heure vers le bien, élever leur âme et les instruire dans le culte politique de la liberté. »

COMITÉ DE SÛRETÉ GÉNÉRALE, MAI-SEPTEMBRE 1793

Colette Capitan

CONSTITUTION DE L'AN I

ARTICLE 35 : Quand le gouvernement viole les droits du peuple, l'insurrection est, pour le peuple et pour chaque portion du peuple, le plus sacré des droits et le plus indispensable des devoirs.

Constitution du 24 juin 1793

La femme naît libre et demeure égale à l'homme en droit. Les distinctions sexuelles ne peuvent être fondées que sur l'utilité commune.
Le but de toute association politique est la conservation des droits naturels et imprescriptibles de la femme et de l'homme. Ces droits sont la liberté, la prospérité, la sûreté, et surtout la résistance à l'oppression.
Le principe de toute souveraineté réside essentiellement dans la nation qui n'est que la réunion de la femme et de l'homme. Nul corps, nul individu ne peut exercer d'autorité qui n'en émane expressément.
La liberté et la justice consiste à rendre tout ce qui appartient à autrui. Ainsi l'exercice des droits naturels de la femme n'a de bornes que la tyrannie perpétuelle que l'homme lui oppose. Ces bornes doivent être réformées par les lois de la nature et de la raison.
La loi doit être l'expression de la volonté générale. Toutes les citoyennes comme tous les citoyens doivent concourir personnellement ou par leur représentant à sa formation. Elle doit être la même pour tous.
Toutes les citoyennes et tous les citoyens étant égaux à ses yeux, doivent être également admissibles à toutes les dignités, places et emplois publics selon leur capacité et sans autres distinctions que celles de leurs vertus et de leurs talents.
Nul ne peut être inquiété pour ses opinions : la femme a le droit de monter à l'échafaud, elle doit avoir le droit de monter à la tribune, pourvu que ses réclamations ne troublent pas l'ordre établi par les lois.
La garantie des droits de la femme est pour l'utilité de tous et non pour l'avantage particulier de celle à qui elle est accordée.
La femme concourt ainsi que l'homme à l'impôt public ; elle a le droit ainsi que lui de demander des comptes à tout agent public de son administration.
Pour l'entretien de la force publique et pour les dépenses de l'administration, les contributions de l'homme et de la femme sont égales. Elle a part à toutes les corvées, à toutes les tâches pénibles : elle doit donc, de même, avoir part à la distribution des places, des emplois, des charges, des dignités, et de l'industrie.

Olympe de Gouges
(1748-1793)

On n'éveille les peuples que pour mieux les domestiquer. Le catéchisme impérial a su bénéficier des avantages du schéma religieux : tenir tête au pouvoir signifie récuser la volonté divine. Je ne peux ensevelir ces perles :

– DEMANDE : Quels sont nos devoirs envers Napoléon Ier, notre empereur ?

– RÉPONSE : Nous devons à Napoléon Ier, notre empereur, l'amour, le respect, l'obéissance, la fidélité, le service militaire et les tributs ordonnés pour la conservation et la défense de l'Empire et du trône.

– DEMANDE : Mais n'y a-t-il pas de motifs particuliers qui doivent nous attacher plus spécialement à Napoléon Ier, notre empereur ?

– Réponse : Oui, car il est celui que Dieu a suscité dans des circonstances difficiles pour rétablir la religion sainte de nos pères et pour en être le protecteur. Comblant notre empereur de ses dons, soit dans la paix soit dans la guerre, Dieu l'a rendu ministre de sa puissance et de son image sur la terre.

– Demande : Que doit-on penser de ceux qui manqueraient à leurs devoirs envers Napoléon Ier, notre empereur ?

– Réponse : Selon l'Apôtre saint Paul, ceux qui résisteraient à l'ordre établi par Dieu se rendraient passibles de la damnation éternelle.

Obligation de supporter l'épreuve, certitude d'appartenir à l'ensemble préféré du Christ, bonheur promis dans un autre monde, sont les thèmes habituels des discours d'hommes d'Église aux masses pauvres.

Jean Cardonnel, dominicain

La bourgeoisie a joué dans l'histoire un rôle essentiellement révolutionnaire.

Partout où elle a conquis le pouvoir, elle a foulé aux pieds les relations féodales, patriarcales et idylliques. Tous les liens multicolores qui unissaient l'homme féodal à ses supérieurs naturels, elle les a brisés sans pitié pour ne laisser subsister d'autre lien, entre l'homme et l'homme, que le froid intérêt, que le dur argent comptant. Elle a noyé l'extase religieuse, l'enthousiasme chevaleresque, la sentimentalité du petit-bourgeois dans les eaux glacées du calcul égoïste. Elle a fait de la dignité personnelle une simple valeur d'échange ; elle a substitué aux nombreuses libertés, si chèrement conquises, l'unique et impitoyable liberté du commerce. En un mot, à la place de l'exploitation, voilée par les illusions religieuses et politiques, elle a mis une exploitation ouverte, directe, brutale, éhontée.

La bourgeoisie a dépouillé de leur auréole toutes les professions jusque-là réputées vénérables et vénérées. Du médecin, du juriste, du prêtre, du poète, du savant, elle a fait des travailleurs salariés.

Marx et Engels

L'essence humaine
n'est pas une abstraction
inhérente à l'individu
pris à part. Dans sa réalité,
c'est l'ensemble
des rapports sociaux.

Karl Marx

La déclaration des droits de l'homme, malgré de nombreuses transgressions dont elle a été l'objet, a effectué son trajet. Elle s'est détaillée en formes incisives qui ont pénétré dans les cœurs et dans les consciences et que rien ne saurait effacer : la dignité individuelle, le respect de la personne humaine, la solidarité, l'autonomie.

Le temps est passé où l'on formait les individus en brisant leur caractère et leur volonté sous un joug de fer. C'est qu'alors il fallait des sujets, des créatures. À présent, il nous faut des citoyens.

D'ailleurs, tout pouvoir, qui ne se légitime ni par la raison, ni par l'équité finit toujours par provoquer, à la longue, dans la famille comme dans l'État, l'irritation, la rébellion, la révolution.

Maria Deraismes
(1828-1894)

Quand sur une question aussi essentielle que celle des droits de l'enfant, notre pauvre France est si arriérée, nous pouvons lui demander à quoi a servi la Révolution avec sa déclaration des droits de l'homme. Les droits de l'homme, fort bien ; mais à quelle époque de sa vie pourra-t-il les faire valoir et en être le bénéficiaire ? Concevez-vous d'abord qu'il y ait quelque part des droits de l'homme sans qu'il y ait des droits de l'enfant ? Mais l'enfant, c'est le début de l'homme (...)

Comment ? Nous tolérons que des gens soient assez pervers, assez dépravés, pour jeter sur le pavé, par une belle nuit ou par un beau soleil, une nouvelle existence sans plus s'en soucier que d'une bouffée de tabac ! Quoi ! Nous supportons que des âmes aient le sens moral assez oblitéré pour lancer une force dans le monde sans s'inquiéter de la direction qu'elle va prendre ! Tournera-t-elle pour ou contre la société ?

Maria Deraismes

Nous proclamons comme vous, citoyens, le principe de l'égalité de tous les hommes entre eux, mais encore l'égalité des hommes et des femmes. Nous voulons pour elles comme pour vous, l'instruction intégrale, les mêmes facilités de développement physique, moral, intellectuel, professionnel. Nous voulons pour les femmes, comme pour les hommes, liberté de conscience, liberté d'opinion, liberté d'action.

Nous réclamons pour les femmes, comme pour les hommes, l'indépendance économique, la production facile pour tous et la garantie pour chacun du produit intégral de son travail, quel que soit ce travail...

Nous voulons pour les femmes, comme pour les hommes, voix délibératives dans la commune, dans l'État ou dans le groupe ; parce que les femmes, comme les hommes, sont intéressées aux lois et règlements qui se font ; parce que les femmes payant les impôts ont autant de droits que les hommes d'exiger une bonne répartition de ces impôts ; parce que, dans une vraie République, il n'y a plus de privilégiés, il n'y a que des intéressés qui, se soumettant aux mêmes devoirs, doivent posséder les mêmes droits.

Hubertine Auclert
(1848-1914)

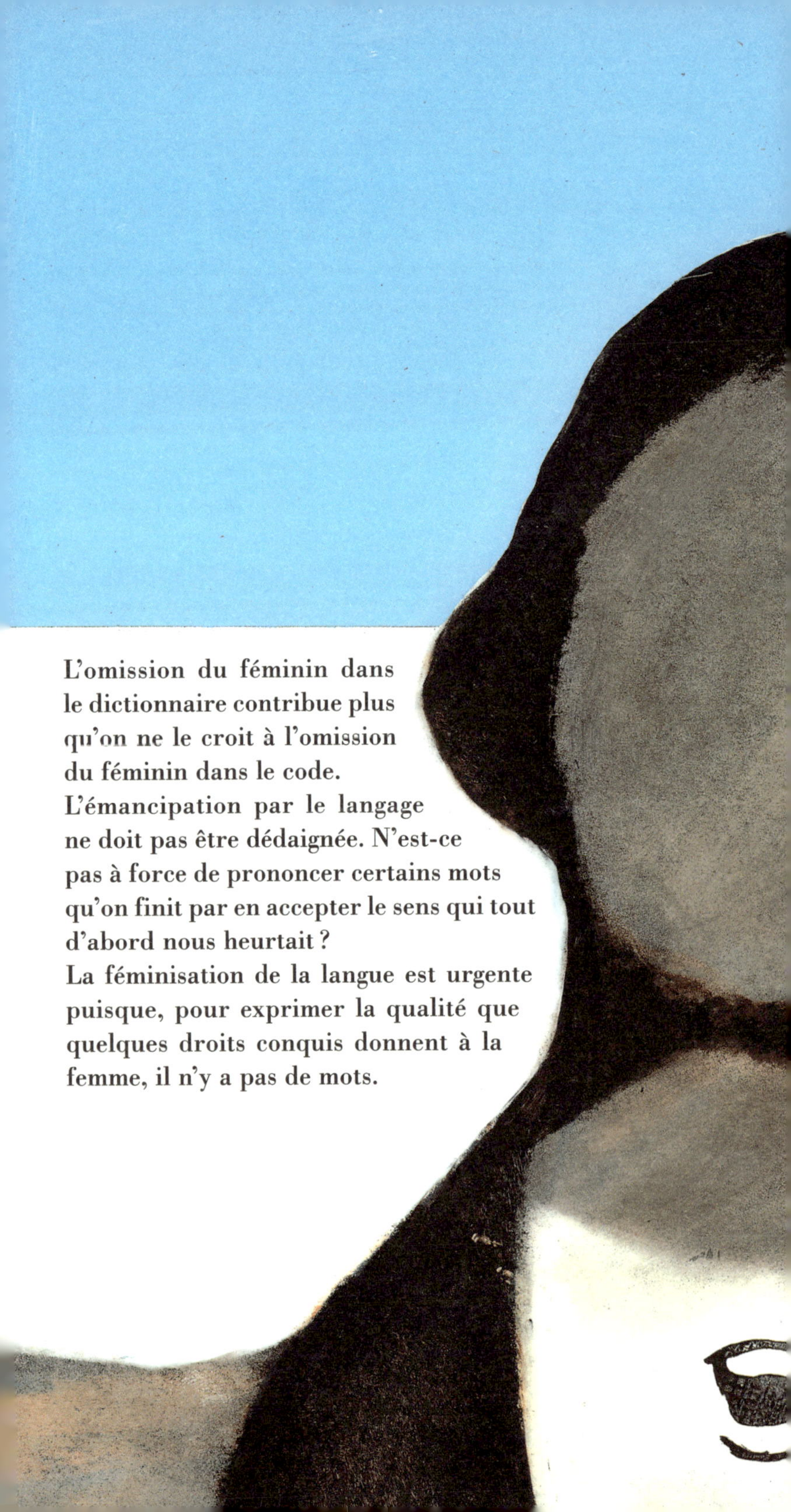

L'omission du féminin dans le dictionnaire contribue plus qu'on ne le croit à l'omission du féminin dans le code. L'émancipation par le langage ne doit pas être dédaignée. N'est-ce pas à force de prononcer certains mots qu'on finit par en accepter le sens qui tout d'abord nous heurtait ? La féminisation de la langue est urgente puisque, pour exprimer la qualité que quelques droits conquis donnent à la femme, il n'y a pas de mots.

Ainsi, dans cette dernière législature, la femme a été admise à être témoin au civil, électeur pour la nomination des tribunaux de commerce ; elle va pouvoir être avocat.
Eh bien, on ne sait pas si on doit dire : une témoin ? une électeure ou une électrice ? une avocat ou une avocate ? (...)
En mettant au point la langue, on rectifierait les usages dans le sens de l'égalité des deux sexes.
Quand on aura révisé le dictionnaire et féminisé la langue, chacun de ses mots sera, pour l'égoïsme mâle, un expressif rappel à l'ordre.

Hubertine Auclert

À l'heure actuelle, de tous les côtés, dans les journaux, dans les parlements, dans toutes les réunions, officielles ou privées, une question est à l'ordre du jour, une question se pose, s'agite, alimentant toutes les discussions : c'est la séparation de l'Église et de l'État. La plupart des hommes d'avant-garde s'intéressent passionnément et donnent le meilleur de leur force à la bataille religieuse. Libres-penseuses, nous sommes de tout cœur avec eux. Ce qu'ils font est très bien, mais ce n'est pas assez. Nous, que les deux antagonistes, l'Église et l'État, oppriment au même degré, et qui voulons en tuant la première, faire disparaître du second tout ce qui s'est inspiré d'elle et a subi son influence ; nous qui rêvons la mort de tous les dogmes, sociaux autant que religieux, pour édifier sur leur cadavre un monde d'harmonie, de paix et de beauté... nous réclamons, avec l'abolition du concordat, l'abolition du Code civil, les deux œuvres du monstre impérial, du grand assassin couronné, vers qui monte, formidable, le grand flot de nos haines saintes, implacables et libératrices.

Nelly Roussel
(1878-1922)

La revendication n'est pas nouvelle, elle est presque aussi vieille que le mot « citoyen ».
Déjà, sous la Révolution, à l'époque grandiose et terrible où s'élaborèrent « les droits de l'homme », quelques femmes hardies, quelques hommes généreux essayèrent de donner à ce mot « homme » la signification large et complète de créature humaine. Mais leurs voix restèrent isolées et incomprises.
La plupart des hommes de 93 se montrèrent farouchement masculinistes et, en fait de droits, ne reconnurent à la femme que le droit à l'échafaud.
Vous connaissez la fameuse parole d'Olympe de Gouges: « La femme a le droit de monter à l'échafaud, elle doit avoir le droit de monter à la tribune. »
Plus tard, en 1848, malgré de nouveaux efforts, le « qualitatif universel » appliqué au suffrage masculin seulement constitua pour notre sexe la plus cinglante des injures, injure contre laquelle les esprits droits et libres n'ont jamais cessé de protester.

L'idée de suffrage des femmes eut de tous temps des défenseurs mais, depuis quelques années, elle a donné naissance à un véritable mouvement et à l'heure où tous les Français vont être appelés à exercer leurs prérogatives de citoyens, nous crions plus fort que jamais, « nous voulons être citoyennes ». Nous voulons être citoyennes comme vous êtes citoyens, dans les mêmes conditions, pour les mêmes raisons.

Nous voulons être citoyennes parce que nous sommes comme vous, travailleuses, contribuables, justiciables ; parce que nous sommes assujetties comme vous à des règlements, des institutions que vous avez établis seuls, sans nous et contre nous au nom de la beauté, de la maternité, et parce que nous sommes mères, nous ne pouvons être citoyennes. Et les arguments qui servent à combattre l'électorat des femmes sont également employés contre leur éligibilité.

Nelly Roussel

Je pensais combien il était plus difficile aujourd'hui qu'il y a un siècle de dire laquelle de ces occupations était la plus élevée, la plus nécessaire ! Vaut-il mieux être porteur de charbon ou bonne d'enfants ? La femme de ménage qui a élevé huit enfants a-t-elle moins d'importance que l'avocat qui a gagné une centaine de livres ? Il est vain de poser de telles questions, car nul ne peut leur donner une réponse. (...)
Au surplus, pensais-je, les femmes, dans cent ans, auront cessé d'être un sexe protégé. Logiquement, elles participeront à toutes les activités, à tous les emplois. La bonne d'enfants portera le charbon. La vendeuse conduira la machine. Toutes les hypothèses fondées sur des faits observés quand les femmes étaient un sexe protégé auront disparu, par exemple que femmes, prêtres et jardiniers vivent plus longtemps que les autres humains. Enlevez toute protection aux femmes, exposez-les aux mêmes efforts, aux mêmes activités que les hommes, faites-en des marins et des mécaniciennes et des docteurs, et les femmes ne mourront-elles pas si vite et si jeunes qu'on dira « j'ai vu une femme aujourd'hui » comme on disait autrefois « j'ai vu un avion ».
Tout pourra arriver quand être une femme ne voudra plus dire : exercer une fonction protégée.

Virginia Woolf
(1882-1941)

Plus nous arrachons de choses à la nature grâce à l'organisation du travail, aux grandes découvertes, aux inventions, plus nous tombons, semble-t-il, dans l'insécurité de l'existence. Ce n'est pas nous qui dominons les choses, semble-t-il, mais les choses qui nous dominent. Or, cette apparence subsiste parce que certains hommes, par l'intermédiaire des choses, dominent d'autres hommes. Nous ne serons libérés des puissances naturelles que lorsque nous serons libérés de la violence des hommes. Si nous voulons profiter en tant qu'homme de notre connaissance de la nature, il nous faut ajouter à notre connaissance de la nature la connaissance de la société humaine.

Bertolt Brecht

Nous sommes entrés dans une de ces crises périodiques de l'homme où l'homme cherche dans l'angoisse à retenir les traits d'un visage qui se défait, ou à se reconnaître figure d'homme dans le nouveau visage qui lui vient. Il lui faut alors choisir rigoureusement, dans la confusion de toutes les valeurs, ce que c'est que d'être homme, et homme de son temps, puis le vouloir hardiment, en alliant imagination et fidélité.

Emmanuel Mounier

Chez l'homme, il n'y a entre vie publique et vie privée aucun hiatus : plus il affirme dans l'action et le travail sa prise sur le monde, plus il apparaît comme viril ; en lui valeurs humaines et valeurs vitales sont confondues ; au lieu que les réussites autonomes de la femme sont en contradiction avec sa féminité puisqu'on demande à la « vraie femme » de se faire objet, d'être l'Autre. (...)

Ce qui est certain, c'est qu'aujourd'hui, il est très difficile aux femmes d'assumer à la fois leur condition d'individu autonome et leur destin féminin. (...)

Ce qu'il faut espérer, c'est que les hommes assument sans réserve la situation qui est en train de se créer ; seulement alors la femme pourra la vivre sans déchirement. Alors pourra être exaucé le vœu de Laforgue : « Ô jeunes filles, quand serez-vous nos frères intimes sans arrière-pensée d'exploitation ? Quand nous donnerons-nous la vraie poignée de main ? »

Simone de Beauvoir

La démocratie ne consiste pas à mettre épisodiquement un bulletin dans une urne, à déléguer les pouvoirs à un ou plusieurs élus, puis à se désintéresser, s'abstenir, se taire pendant cinq ans. Elle est action continuelle du citoyen, non seulement sur les affaires de l'État, mais sur celles de la région, de la commune, de la coopérative, de l'association, de la profession. Si cette présence vigilante ne se fait pas sentir, les gouvernants (quels que soient les principes dont ils se recommandent), les corps organisés,

les fonctionnaires, les élus, en butte aux pressions de toutes sortes de groupes, sont abandonnés à leurs propres faiblesses et cèdent bientôt soit aux tentations de l'arbitraire, soit aux routines et aux droits dits acquis. Le mouvement, le progrès ne sont possibles que si une démocratie généralisée dans tout le corps social imprime à la vie collective une jeunesse constamment renouvelée. La démocratie n'est efficace que si elle existe partout et en tout temps.

Pierre Mendès France

Tout au long de son existence, chaque être humain a le devoir de répondre à la brutalité par la douceur, d'affiner ce qui est grossier, d'embellir ce qui est laid, de transformer la confrontation en collaboration et l'ignorance en connaissance. C'est ainsi qu'il redécouvrira le rêve de l'enfant dans une réalité créatrice sans cesse renouvelée par la mort, servante de la vie, et par la vie, servante de l'amour.

Yehudi Menuhin

Cinquante années après la fin de la Seconde Guerre mondiale, c'est-à-dire après le moment où la forme sans doute la plus extrême d'intolérance et de mépris des libertés venait d'être enfin éliminée victorieusement par la guerre, le monde est à la fois en effervescence et profondément déboussolé. On a l'impression que nous tournons le dos à une idée qui fait partie du message de Voltaire et de Condorcet, et qui est une certaine confiance en la perfectibilité de l'homme par les armes de la raison et de l'éducation. C'est comme si l'effondrement récent de ce qui est peut-être la dernière grande utopie, même si les États qui s'en réclamaient et la brandissaient comme un drapeau avaient une attitude liberticide, nous avait amenés à un rejet brutal et peut-être un peu rapide de toutes les utopies, à un monde où on a l'impression que le message des penseurs du XVIIIe siècle n'est plus tout à fait présent, et où ce message lui-même est devenu illusoire.

Stéphane Hessel

Si nous voulons préserver cette égalité bien tempérée qui donne sens à notre civilisation, nous devons rester fidèles aux valeurs transcendantes, même laïcisées, qui proclament l'égalité des droits entre individus, et la dignité de l'individu ; ces valeurs nous viennent aussi, entre autres origines,

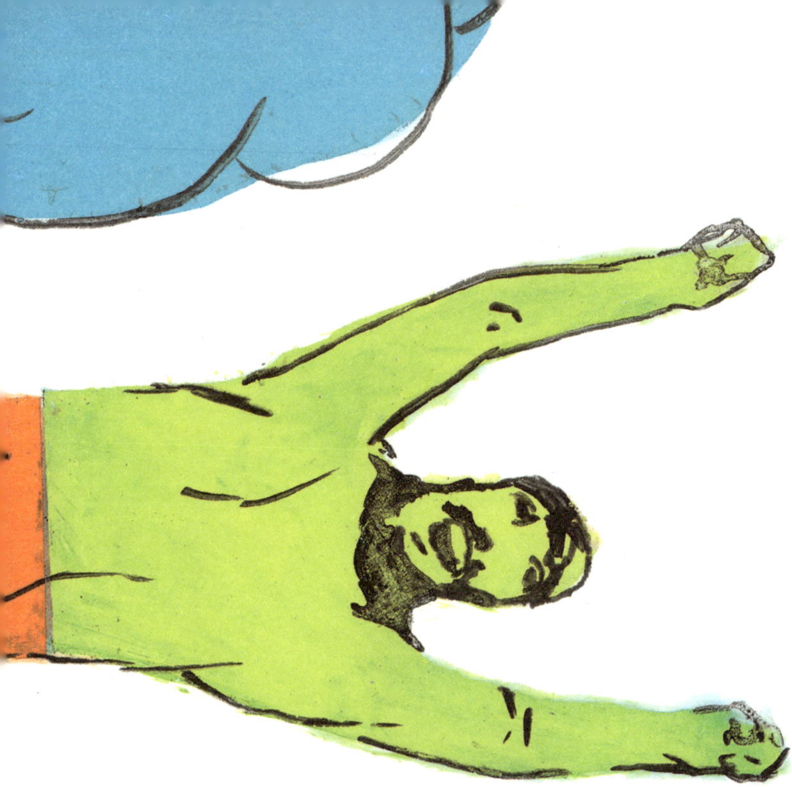

du fonds juif et chrétien de notre culture. Je récuse, quant à moi, la résurrection du hiérarchisme des groupes, soi-disant inspirée de l'âme indo-européenne. Je récuse les élucubrations pseudo-scientifiques ; elles tendent à substituer au Droit le Fait, que celui-ci soit prouvé ou falsifié. Elles posent une inégalité d'origine génétique ou sociologique en lieu et place du postulat bienfaisant qui veut qu'un homme, au regard des valeurs universelles, soit toujours l'égal d'un autre.

Emmanuel Le Roy Ladurie

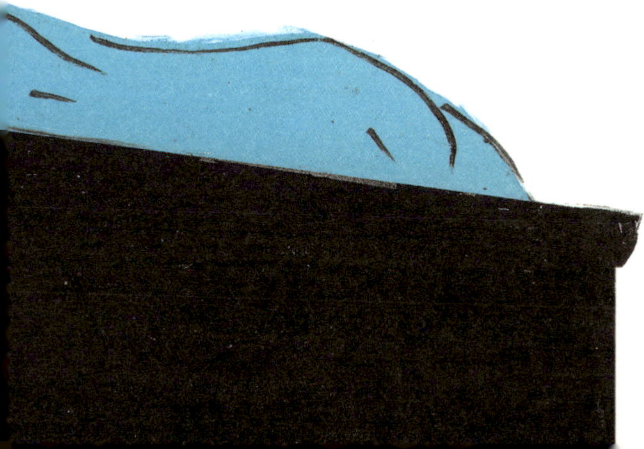

En même temps que s'épanche triomphalement la rage de la « puissance », le fétichisme de la « maîtrise rationnelle », en même temps semble subir une éclipse l'autre signification imaginaire créée par l'histoire gréco-occidentale, celle de l'autonomie, notamment politique. La crise actuelle de l'humanité est crise de la politique au grand sens du terme, crise à la fois de la créativité et de l'imagination politiques, et de la participation politique des individus. La privatisation et l'« individualisme » régnants laissent libre cours à l'arbitraire des Appareils en premier lieu, à la marche autonomisée de la techno-science à un niveau plus profond.

Nous n'avons pas besoin de quelques sages. Nous avons besoin que le plus grand nombre acquière et exerce la sagesse – ce qui, à son tour, requiert une transformation radicale de la société comme société politique instaurant non seulement la participation formelle mais la passion de tous pour les affaires communes. Or, des êtres sages, c'est la dernière chose que la culture actuelle produit.

Cornelius Castoriadis

UNE PARITÉ RÉGRESSIVE

Le constat de la différence des sexes part d'une réalité anatomique évidente : les femmes ne sont pas des hommes. Or, c'est l'affirmation de cette évidence qui a permis l'épanouissement, au cours des siècles, de tous les préjugés inégalitaires. Au nom de la différence des sexes, la femme fut assimilée à un être inférieur, autant par le discours religieux, qui prétendait l'exclure, que par les tenants de la famille patriarcale bourgeoise du XIXe siècle qui voulurent l'enfermer dans le modèle unique d'une fonction reproductive. (...) Au début du XXe siècle, grâce aux luttes menées par les femmes elles-mêmes, le préjugé inégalitaire commença à être sérieusement mis en déroute. Au lieu de se laisser enfermer dans un destin anatomique,

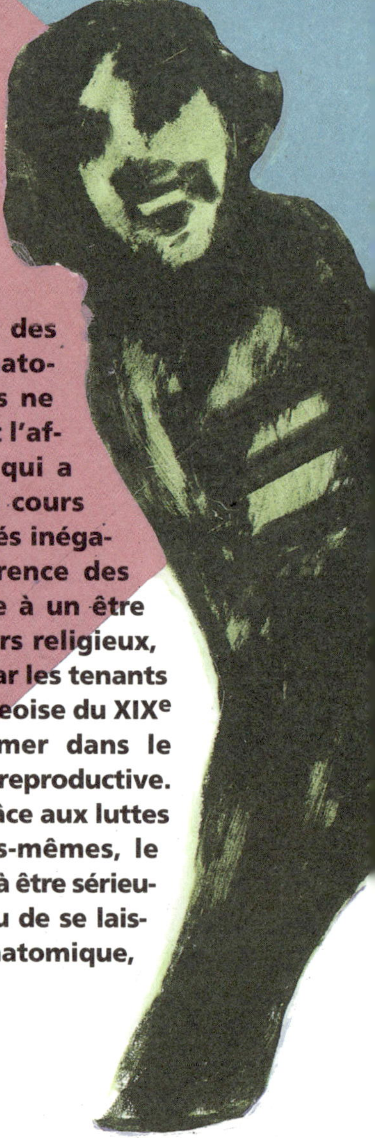

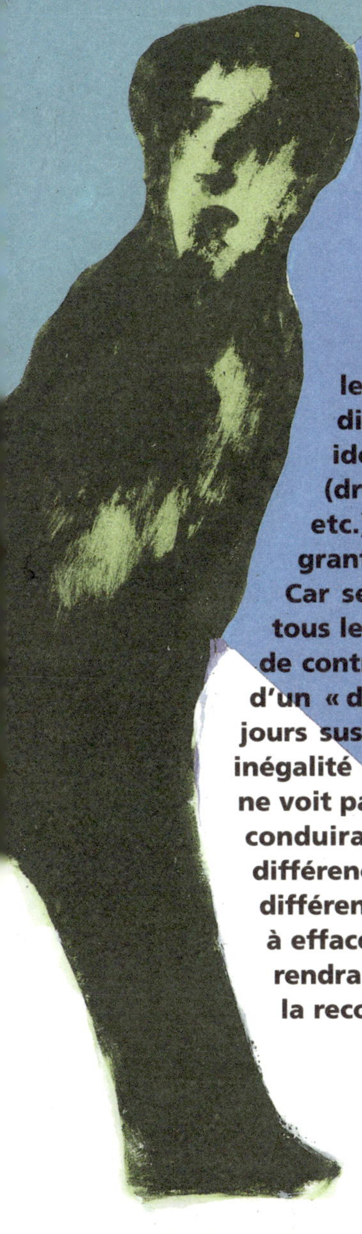

les femmes purent alors revendiquer puis obtenir des droits identiques à ceux des hommes (droits civils, droits politiques, etc.) et faire ainsi partie intégrante du genre humain.

Car seul un droit qui rend égaux tous les sujets devant la loi permet de contrebalancer les effets pervers d'un « droit à la différence », toujours susceptibles de reconduire une inégalité de type anatomique. Et l'on ne voit pas en quoi ce choix égalitaire conduirait à un « effacement de la différence des sexes ». Puisque cette différence existe, elle est impossible à effacer, sauf au prix d'un déni qui rendrait fou celui qui refuserait de la reconnaître.

Élisabeth Roudinesco

L'État est créé pour les hommes, et non l'inverse. (...) La tâche essentielle de l'État consiste bien en ceci : protéger l'individu, lui offrir la possibilité de se réaliser en tant que personne humaine créatrice. L'État doit être notre serviteur, et nous n'avons pas à en être les esclaves. Cette loi fondamentale est bafouée par l'État quand il nous contraint par la force au service militaire et à la guerre. Notre fonction d'esclave s'exerce alors pour anéantir les hommes d'autres pays ou pour nuire à la liberté de leur progrès. Nous n'avons le devoir de consentir certains sacrifices à l'État que s'ils contribuent au progrès humain des individus.

Albert Einstein

Si je range l'impossible Salut au magasin des accessoires, que reste-t-il ? Tout un homme, fait de tous les hommes et qui les vaut tous et que vaut n'importe qui.

Jean-Paul Sartre

Sources des textes

• **Montesquieu,** *Mes pensées,* **édition posthume, 1899**

• **Voltaire,** *L'A,B,C,* **1769**

• **Saint-Just, 1767-1794**

• **Mirabeau, 1749-1791**

• **Colette Capitan,** *La Nature à l'ordre du jour,* **Kimé, 1993**

• **Constitution du 24 juin 1793**

• **Olympe de Gouges, « Déclaration des Droits de la Femme et de la Citoyenne », 1791, in** *La documentation politique et sociale,* **1910**

• **Jean Cardonnel, « Foi et Révolution », in** *Philosopher,* **Fayard, 1980**

• **Marx et Engels,** *Manifeste du Parti communiste,* **1848**

• **Karl Marx,** *Une introduction à la philosophie marxiste,* **cité par Lucien Sève, 1980**

• **Maria Deraismes,** *Les Droits de l'enfant,* **conférence, 1876**

• **Hubertine Auclert,** *La Citoyenne,* **article de 1879, Syros, 1982**

• **Hubertine Auclert,** *Le Radical,* **18 avril 1898**

• **Nelly Roussel,** *Meeting de protestation contre le centenaire du Code civil,* **octobre 1904**

• **Nelly Roussel, « Créons la citoyenne », mars 1914, in** *Trois conférences,* **édition posthume Marcel Giard, 1930**

• **Virginia Woolf,** *Une Chambre à soi,* **Denoël, 1929**

• **Bertolt Brecht,** *L'Achat du cuivre,* **traduction de Béatrice Perregaux, Jean Jourdheuil et Jean Tailleur, L'Arche Éditeur, 1970**

• **Emmanuel Mounier,** *Traité du caractère,* **in** ***Œuvres*** **Tome II, Le Seuil, 1946**

• **Simone de Beauvoir,** *Le Deuxième Sexe,* **Gallimard, 1949**

• **Pierre Mendès France,** *La République moderne,* **Gallimard, 1988**

• **Yehudi Menuhin,** *Voices for Hope,* **Yehudi Menuhin Foundation, 1997**

• **Stéphane Hessel (ambassadeur de France), « Vers une diplomatie au service des droits de l'homme » in** *La Tolérance ou la Liberté,* **1997**

• **Emmanuel Le Roy Ladurie, « L'Historien et l'égalité » in *Philosopher*, Fayard, 1980**

• **Cornelius Castoriadis, *Voie sans issue*, collection « Les scientifiques parlent », Hachette, 1987**

• **Élisabeth Roudinesco, « Une parité régressive » in *Le Monde*, 11 février 1999**

• **Albert Einstein, *Comment je vois le monde*, Flammarion, 1979**

• **Jean-Paul Sartre, *Les Mots*, Gallimard, 1977**

CITOYENNES